L. LEMERCIER DE NEUVILLE.

LA BUCHE

FANTAISIE EN UN ACTE ET EN PROSE

Représentée pour la première fois le 8 août 1878
au Casino de Néris.

MONTLUÇON
IMPRIMERIE ET LITHOGRAPHIE PROT (BREVETÉ)
Boulevard de Bretonni.
1878

A MON AMI PESCHEUX.

LA BUCHE

SCÈNE PREMIÈRE ET UNIQUE.

—

PIERROT *entrant effaré, une bûche à la main; il tourne sur lui-même et tombe assis sur la table; il pose sa bûche.*

Vlan ! çà y est ! — Je suis un joli garçon maintenant ! — Oh ! mais je dois être d'un pâle à rendre des points à une statue en plâtre... *(Il se retourne et se trouve devant son portrait.)* Qu'est-ce que je disais ?... Non, ce n'est pas une glace, c'est mon portrait. — Ah ! bien ! si je m'attendais à çà ce matin !... Enfin, çà y est ! — Qu'est-ce que je vais faire maintenant ?— Rien ! plus rien, pas même des chaussons de lisière, puisque je suis sûr d'être... *(Touchant son cou comme s'il était pendu.)* Rrrrr ! — Quoi ? — Ah ! c'est juste ! vous ne savez pas ! — Oh ! j'ai le temps, je vas tout vous dire. *(Il va chercher la chaise au mur et s'assied à la droite de la table.)* J'avais crédit chez mon restaurateur... du temps où j'avais le sac ! — Car j'ai eu le sac ! — Pas un fort sac, mais un sac ordinaire ! — Du reste, comme je l'ai mangé, ce sac-là, il vaut mieux n'en pas parler ! — Parlons du restaurateur ! — Au temps de mon sac, il me faisait crédit. — Quand j'ai eu vidé le sac, il n'a plus voulu... par reconnaissance ! — C'est bête, mais c'est comme çà ! — Et alors, il a bien fallu faire mes repas moi-même. J'ai acheté un petit fourneau, et, le matin, pour déjeûner, je me procure du pain, du vin, des œufs et je me fais une omelette. — L'omelette, c'est bon, c'est sain ! — Si vous ne l'aimez pas, il y a aussi les œufs sur le plat ! — C'est bon aussi, et sain aussi... et puis çà change ! — C'est bien des œufs tout de même, mais ils sont autrement. — Vous m'écoutez ? — Bon ! — Parce que, dans ma position, vous pourriez bien... Mais au fait vous ne la connaissez pas ma position ! — J'y arrive ! — Je fais donc mon déjeûner moi-même ! — Seulement, ce matin, il me manquait du charbon. — Pour le veau froid il n'y en a pas besoin, çà s'achète tout fait. Mais pour les œufs... c'est une autre histoire, çà ne se mange pas cru... quoique les œufs durs... et encore ! — En bas, j'ai ma charbonnière, qui vend aussi des légumes : des carottes, des pommes de terre... Pauvre femme ! —... Malgré çà, je dois dire qu'elle a une manie, — comme toutes les charbon-nières du reste ! — Elle a la figure noire ! — (*Se le-vant et allant à la rampe.*) Moi je l'ai blanche !— Mais elle, elle a la figure noire, — c'est dans le métier ! — Elle est jolie tout de même ! — Comme négresse, ce serait une beauté, mais elle est née à Saint-Flour !... — Plaît-il ? — Ah ! mon histoire ! M'y voici ! — J'avais donc besoin de charbon, je lui en demande ; elle me dit : Tout de suite !— Je pose mon panier. (*Il feint de le poser.*) Elle se baisse pour m'en donner pour quatre sous. (*Il se baisse.*) Qu'est-ce que je vois ? — Non ! c'est invraisemblable ! — Mais cette femme noire, qui affecte même d'être noire ! — comme son charbon, — avait un cou d'une blancheur... oh ! mais d'une blan-cheur... d'autant plus grande que sa figure était noire !... Je vous l'ai déjà dit ! — Et c'était près de la nuque. (*Il se frappe sur la nuque.*) Impossible de ré-sister ! — (*Il recule en levant la jambe en arrière.*) Qui eût résisté ? — Personne ! Certainement ! (*Reve-nant en levant la jambe gauche.*) Le blanc m'attire ! (*Encore un pas en levant la droite.*) Moi, j'aime le

blanc ! Chacun sa couleur ! D'ailleurs c'était bien inno-
cent et sans autre pensée !... — Bref, je me penche (*Il
se penche*) et, dans ce petit coin blanc... (*Il l'indique
comme si la charbonnière était en scène.*) Dame ! que
voulez-vous ! (*Bruit de baiser.*) Je l'embrasse ! — Çà
la surprend, je le comprends... le manque d'habitude...
Oui ! mais paf ! (*Il claque dans ses mains et tourne
sur lui-même comme dans les pantomimes.*) Je reçois
une giffle ! Oh ! mais une gi... Oh ! c'en était une...
sur l'œil ! en plein ! — Moi, je n'ai jamais pu me faire
à çà ! Les coups de pied passe encore ! (*Il en lance
un et fait le geste de le recevoir.*) On ne les voit pas.
Ça n'humilie pas ! Mais la giffle ! Oh ! alors, la colère
me saisit malgré moi ! Tout d'un coup je ramasse une
bûche et... (*Il prend celle qui est sur la table et
frappe trois fois dans le vide.*) Pif, paf, pan ! je co-
gne ! — Elle ne bouge plus ! Et me voilà ! Est-ce as-
sez idiot ! — Je l'ai tuée, parbleu ! (*Il tombe anéanti
sur la chaise.*) Et bien, me voilà frais, maintenant !
(*Se levant brusquement, faisant tourner sa chaise et
s'asseyant à cheval.*) C'est que je ne suis pas du tout
préparé à çà !... Vous savez: on part en voyage, on fait
ses malles ; on va au bain, on prend son savon ; on
va au bal, on met ses gants. (*Dans sa préoccupation il
fait comme s'il enfilait une botte.*) Mais quand on vous
pince pour aller en prison, on n'est pas précautionné !
(*Remettant la chaise derrière la table.*) Après tout,
j'ai peut-être encore le temps ! (*Il cherche sa montre
dans sa poche et en tire un oignon.*) Non, ce n'est pas
cet oignon-là, c'est l'autre. (*Il tire sa montre.*) Il est
dix heures !... Maintenant, impossible d'aller à mon
bureau chez Monsieur Cassandre. — Je n'aurai pas
signé la feuille, donc, déjà je suis à l'amende, et d'une !
Et puis nous sommes le 27 du mois, on ne touche que
le 30. (*Retournant ses deux poches complètement.*) Je
n'ai pas le sou ! C'est çà qui est dur, en prison ! Je ne

pourrai pas aller à la cantine me procurer ces dou-
ceurs qui sont si nécessaires au prisonnier : du tabac,
un peu de vin, un cervelas, des plumes, des pommes
cuites ou un pot de confitures. (*Se léchant le doigt.*)

(*Traversant la scène de gauche à droite et se cognant
dans le manteau d'arlequin.*) Oui ! je sens que je tombe
dans une grande mélancolie. Oh ! (*Idem de droite à
gauche.*) J'éprouve une tristesse formidable ! J'ai envie
de faire des vers ! — Comme tous les prisonniers,
parbleu ! Voyez Lacenaire ! Au moins Lacenaire avait
le courage de son opinion. — Tandis que moi je ne
l'ai pas ! Je n'ai pas l'air assassin du tout ! quoique
ma pâleur... Mais j'ai toujours été ainsi... On croyait
qu'on ne m'élèverait pas ! (*Allant à la chaise et s'asseyant.*) Des vers !... des vers !... (*Se prenant le front
à deux mains.*) Voyons donc ! (*Il compose en hésitant.*)

> Quand j'étais tout petit.... j'étais pâle, mais pâle,
> Que ma mère... croyait... qu'on ne m'élèverait pas.

(*Comptant sur ses doigts.*) 1,2,3,4,5,6,7,8,9,10,11,
12,13... 13 pieds, il y en a un de trop... (*Regardant
au ciel, avec une larme dans la voix.*) C'est pour ma
mère !

> Elle m'enveloppait le soir dans un vieux châle.

Pâle, châle... Poële... Non ! laissons châle.

> Et je ne m'endormais jamais que dans ses bras !
> Et pendant ce temps-là j'entendais les éclats de rire...

(*Il compte.*) 15 ! retirons les 3 de « de rire » et met-
tons-les à la ligne.

> De rire... de la bûche rouge au fond du poële...

La bûche, déjà ! J'aurais dû m'en douter. — (*Il se lève
et arpente la scène.*)

> Quand j'étais tout petit, j'étais pâle, mais pâle,
> Que ma mère croyait qu'on ne m'élèverait pas.

(*Il dit très vite la seconde moitié du vers.*)

Elle m'enveloppait le soir. dans un vieux châle,
Et je ne m'endormais jamais que dans ses bras !
Et pendant ce temps-là j'entendais les éclats
De rire .....

A la ligne —

.....de la bûche rouge au fond du poële.

(*S'arrêtant.*) Mais ces vers ! ce sont des vers ! —
C'est-à-dire du talent, de la gloire... Mais il manque
quelque chose... la signature. (*Allant à la table et
signant fiévreusement*)... Là... PIERROT !!! — Les jour-
naux vont parler de moi ! Eh ! eh ! Je n'ai jamais vu
mon nom imprimé. La célébrité ! — Je vais être célèbre !
On me montrera au doigt ! On dira : (*Petit à petit il se
dresse les pieds appuyés sur le bâton de devant de sa
chaise.*) Voyez-vous ce grand pâle ! c'est l'assassin de la
charbonnière ? — On répondra : « Il en a bien l'air ! Quel
brigand ! » Voyez-vous comme je grandis ! (*Il dégringole.*)
Mais non, j'aime mieux pas ! —

On est bien long à m'arrêter ! C'est agaçant ! Parbleu ! je ne résisterai pas ! Si je courais ! (*Assis et faisant aller ses pieds comme s'il courait.*) Un homme
qui court, on l'arrête toujours ! Non, on croirait que
je veux me sauver et je ne veux pas ! — On est peut-
être allé chercher le commissaire ? — Il ne plaisante
pas, le commissaire ! Votre nom ? Pierrot ! Votre âge ?
Votre profession ? Etes-vous vacciné ? etc., etc. Je ne
connais pas celui du quartier ! S'il est décoré, ça m'in-
timidera ! Et les juges ? — Oh ! les juges ! s'ils vou-
laient me croire sur parole, là, comme je vous ai
raconté çà tout-à-l'heure ? Ah bien oui ! Ils voudront
que j'aie des complices. C'est stupide ! Il faut qu'ils
connaissent bien peu les hommes pour croire qu'on ne
peut pas commettre un petit crime à soi tout seul.
Le juge d'instruction surtout... Oh ! celui-là, il est
terrible. Il n'a pas de toque, ni de robe, celui-là,
mais il a un œil... et un greffier ! Oh ! il faut faire

attention à soi ! — Les autres, sur trois, à l'audience
(*Imitant chaque juge*) il y en a un qui prise, un qui
dort et l'autre qui dessine ... Il fait la charge du
gendarme ! (*Il bâille.*)

Je crève de faim ! Je n'ai pas pu faire mon déjeûner et
mon heure est passée ! C'est drôle ! Çà ne m'a pas coupé
l'appétit ! Moi je suis comme çà, je mangerais jusque sous
la potence ! (*En gesticulant il fait tomber la bûche à
terre.*) Hein ! la potence ! (*Il se lève et aperçoit la bûche.*)
Imbécile ! c'est ma bûche qui est tombée ! — Faut-il
que je le sois.... bûche ! Pitié ! je fais des mots maintenant ! J'en suis là ! (*Il se baisse, ramasse sa bûche et
s'effraie en voyant son ombre.*) Hein ! Qu'est-ce que
c'est ? une forme noire ! — Noire ! C'est la charbonnière qui revient pour me tourmenter ! (*Il se sauve.*)
Non, je ne veux pas ! (*Il se retourne et fuit encore.*)
Elle me suit ! Non ! Madame Gastreloupe, non ! Çà
me fait peur ! Allez-vous-en ! J'ai bien du regret ! Je
ne le ferai plus, je vous le promets ! Ce n'est pas ma
faute ! C'est votre cou, votre cou blanc... votre joli
petit cou blanc... (*Il s'agenouille et joint les mains en
l'air*) qui m'a fait faire l'autre !... Encore un mot !... et
il est mauvais ! (*S'apercevant de sa méprise et riant.*)
Ah ! ah ! ah ! que je suis sot ! C'est mon ombre ! Ce
n'est pas la charbonnière. (*Après avoir tâté par terre
et se dressant tout-à-coup.*) C'est mon ombre ! J'avais
peur de mon ombre ! (*Riant aux éclats.*) Ah ! ah ! ah !
Bon ! je ris maintenant ! Un rire amer, verdâtre, livide...
Idiot... Si on l'entendait, ce serait une circonstance
aggravante !... Ce rire-là, c'est la préméditation !... Ce
rire... Oh ! çà n'est pas drôle pourtant !... Pauvre femme !
elle avait un mari, des enfants, elle aurait même pu
en avoir d'autres...Voilà une existence perdue... comme
la mienne... (*S'attendrissant.*) Moi aussi, j'aurais pu
connaître les joies de la famille.... avoir des enfants...
des petits Pierrot... (*Tombant sur la chaise et parlant*

à la bûche qu'il a dressée sur la table.) Et toi ! stupide
morceau de bois ! Tu ne pouvais donc pas rester sur
ton arbre ? dis ? Là tu aurais été heureux ! Tu aurais
produit des branches qui auraient donné de belles
feuilles vertes, et des fleurs au printemps, et des fruits
à l'automne, hein ! Mais réponds donc ? Tu aurais
servi d'abri aux petits oiseaux ! Tandis que maintenant
tu n'es qu'une misérable pièce de conviction. *(Il la*
prend et la fait rouler d'une main dans l'autre.) Tu vas
rouler de greffe en greffe jusqu'au grand jour du juge-
ment ! Après quoi, tu serviras à rougir le poële des juges !
(Il la repose avec dédain.) Ce que c'est que de nous !—
    Avec tout cela, on ne vient pas m'arrêter ! A quoi
pense-t-on ? Je pourrais m'échapper ! Décidément la
police est bien mal faite ! *(Il se lève.)* Au fait, si je
m'échappais ! *(Il descend à l'avant-scène de droite.)*
Oui, mais je ne puis passer que par là ! *(Il désigne la*
porte.) Il va falloir enjamber le corps de cette malheu-
reuse charbonnière que j'ai assommée ! — Je n'oserai
jamais ! — Et puis m'échapper ! Où irais-je, sans
ressources ? Je serais bien vite pincé ! — Oui., mais
la prison ! Oh ! la prison ! Horrible !... Fuyons ! Ayons
le courage de fuir ! Allons, en route ! du courage ! *(Il va*
à la porte en faisant de grandes enjambées, au moment
de la franchir il recule peu à peu en enjambant en
arrière, sa figure exprime un immense étonnement.)
Oh ! oh ! oh ! qu'est-ce que c'est ? Je n'ai pas la berlue !
Je ne me trompe pas ! C'est impossible ! *(Il revient à*
la porte.) Oui, c'est elle ! c'est bien elle ! Elle n'est pas
morte ! — Elle rit ! — Elle n'est pas blessée. Mais
alors ! Pourtant j'ai bien cogné ! Voyons donc !... Elle
me parle... C'est qu'elle n'est pas morte ! Que dit-elle ?

VOIX DE LA CHARBONNIÈRE.

— Monsieur Pierrot ! Venez donc ! votre charbon est

prêt et j'ai mis de côté les pommes de terre que vous
avez escrabouilla en tapant dessus !

PIERROT.

— Les pommes de terre! c'est sur le sac de pommes de
terre que j'ai tapé ! — Ce n'est pas sur elle ! — Sapristi!
mais je ne suis pas assassin! je suis encore un honnête
homme ! je pourrai encore aller à mon bureau, chez
Monsieur Cassandre, toucher mes appointements et
faire mon petit déjeûner, manger mes œufs à la coque,
sur le plat, en omelette, comme je voudrai ! Ah !
bon Dieu ! que je suis heureux! (*Il saute par dessus la
table.*) Que la vie est belle ! (*Il va à la fenêtre et l'ouvre.*)
Comme je respire... Tiens, ils font cuire des harengs
au-dessous !... Je verrai les arbres, les fleurs, les oiseaux!
Ah ! non, c'est trop ! (*Peu à peu il s'attendrit et pleure.*)
Je ne méritais pas ce bonheur-là !... Je nage dans la
joie... (*Touchant une de ses deux mains qu'il vient de
croiser sur sa poitrine sous son menton.*) Tiens! il pleut !...
Non, c'est que je pleure ?... Ah ! que çà me fait de bien !
Allons déjeûner maintenant ! car j'ai faim ! oh ! mais
faim ! (*Fausse sortie.*)

Et ma bûche ! Je l'oubliais. (*Il la prend.*) Viens, toi !
Viens ! (*Il la presse sur son cœur.*) Tu ne me quitteras
plus, entends-tu? Et quand j'aurai des moments de
colère, tu me rappelleras qu'il faut y regarder à deux
fois avant de les satisfaire...

Allons déjeûner ! (*Fausse sortie*).

Mais en passant près de la charbonnière... je vais
lui jeter une poignée de charbon dans le cou, afin de
n'être plus tenté! (*Il sort.*)

Néris, 3 Juillet 1878.